历史之谜

少年科学推理小说

北京科学技术出版社

100层童书馆

少年科学推理小说
历史之谜

死而复生的路易十七

〔法〕帕特丽夏·德·菲古雷多　著
〔法〕艾伦娜·博德　绘
夏冰洁　译

北京科学技术出版社
100层童书馆

第一章

1836年6月13日

奥古斯丁终于抄写完了最后一行，他舒了口气，放下手中的笔。他抬起头，望着皇家宫殿外面花园里的树。他感到幸福，因为自己每天都能在如此舒适的环境里工作，远离那些又脏又吵的街区。而且，他所在的皇家宫殿曾经是巴黎人民为新闻自由和思想自由而斗争的阵地。六年前，人们曾聚集在这里游行示威，要求报纸出版不再受到限制和审查。

那时，他才十二岁，父母命令他老老实实待在家里，不准出去参加示威游行！那是1830年7月，革命人民进行了为期三天的起义，推翻了查理十世的统治，路易-菲利普登上了王位。

他的父母……唉，那时他的家庭是幸福的，霍乱还没有暴发。当巴黎出现第一例感染者的时候，他的父亲就决定让孩子们远离巴黎，把他和姐姐，以及玛格丽特姑姑送到了住在埃特雷塔镇的祖母家，以躲避疫情。奥古斯丁的母亲在5月份被感染，到了8月，父亲也被感染了。由于父亲是医生，他得坚守岗位，照顾病人，所以不能离开巴黎。疫情来势凶猛，一些大人物也难逃霍乱的魔掌，在他们当中，有著名将军拉马克，物理学家萨迪·卡诺，以及后来成为法国首相的卡西米尔·佩里埃。

奥古斯丁回想着所经历的往事。十八岁的时候，他就把自己当作一个顶天立地的男人了。然而，每当他这么说时，比他小四岁的妹妹索菲就笑话他。

"奥古斯丁，你抄写完了吗？"他的领导兼老师，布里克律师的话使他从遐想中回过神儿来。

"是的，布里克先生。"

年轻的奥古斯丁在巴黎最著名的律师事务所——格吕奥－德拉巴利律师事务所工作。由于玛格丽特姑姑和布里克律师的妻子是好朋友，去年奥古斯丁以优异的会考成绩高中毕业后，就进入了这家律师事务所当抄写员。

有时候，要抄写的文书很多，而且枯燥乏味，但奥古斯丁也学了不少法律知识。他希望尽快进入法律专业学习。布里克律师鼻子上架着一副眼镜，他拿起了奥古斯丁刚抄完的文书，又递给了他几份。

　　"这是你今晚要抄写的文书，你一定会对里面的事件感兴趣的。"

　　奥古斯丁一边翻着文书一边心里想：没有几页嘛，应该不会抄写很久的。

　　但是，刚刚读了几行，他就感到心跳加快。他立刻明白了事件的重大历史意义。一个名叫卡尔－威廉·诺道尔夫的人自称是路易十六的儿子路易十七，昂古莱姆公爵夫人的弟弟！他向法院提起诉讼，要求先前的国王查理十世赔偿他应得的遗产。而据官方说法，路易十七早在1795年6月就死于丹普尔监狱。他的父亲路易十六国王和母亲玛丽王后于1791年被捕，两年之后被革命派送上了断头台。

　　奥古斯丁赶紧放下了这些资料，仿佛被烫着手一般。他清楚地记得以前父母、姑姑和来家里做客的朋友们没完没了地谈论政治的情景，路易十七的死亡之谜是大家津津乐道的话题之一。奥古斯丁的母亲拥护君主路易·菲利普，倾向于官方说法，而他的父亲和姑姑则认为路易十七活了下来，关于他的死亡存在着太多疑点，完全有理由相信他当时从监狱里逃了出来，从而幸免于难。

奥古斯丁想赶紧回家，把这一切讲给玛格丽特姑姑听，姑姑或许还会告诉他更多他想知道的事情。

他一心想着快速抄写完，然后马上回家。虽然6月傍晚的微风和夕阳的余晖使他沉醉，让他也很想去皇家宫殿的后花园散散步，但是他归家心切，没工夫在外面溜达。抄写完后他立刻上了一辆公共马车，马车缓缓驶过塞纳河上的一座桥，大概因为天气炎热，拉车的马似乎有些疲惫，奥古斯丁心里非常着急，马车怎么走得那么慢呢！

最后，他实在等不及了，提前一站下了车，飞奔回家。他家离荣军院（法国路易十四时期兴建的用于安置伤残军人的场所）只有几步之遥，他所住的房子是祖父母传下来的。到了家，妹妹立即迎上来，催促哥哥讲讲一天的见闻。要是在平时，哥哥一般都不太愿意搭理妹妹磨人的纠缠，但这一次，他抓住妹妹的手，把她拉到一边问道：

"玛格丽特姑姑呢？我要和她说件事。"

"在花园里呢，发生了什么事？"

"快来！"

妹妹索菲兴奋地跟在奥古斯丁后面。家里人依旧把索菲当作一个小孩子，其实，索菲已经是个大姑娘了，她期待着有一天能像哥哥一样独立。家里给索菲安排了各种学习班：法语、意大利语，还有她喜欢的钢琴。但是，她讨厌一般女孩子都喜欢的缝纫课，自从父母去世以后，她越来越像一名假小子了。

玛格丽特姑姑坐在柳树下的椅子上乘凉，她一边喝着茶一边读巴尔扎克的小说《夏倍上校》，这是她从一个旧书商那儿淘来的二手书。玛格丽特见奥古斯丁急急忙忙地跑来，关切地问道："我的孩子，你怎么满头大汗？索菲，你让克莱芒斯拿一杯柠檬水过来。"

"克莱芒斯！"索菲朝厨房喊了一声。

"索菲！我是让你去厨房找克莱芒斯，不是在这儿嚷嚷！"玛格丽特姑姑严厉地说。

玛格丽特·布罗尚越来越难以理解她这个侄女了，她甚至感到有些担忧，因为索菲言行举止粗犷，完全不像一个大家闺秀。

"我想听哥哥讲故事嘛，他有事情要告诉我们。"索菲为自己辩解。

女仆克莱芒斯闻声赶来，并且拿着玛格丽特要的柠檬水。

"奥古斯丁，你开始讲吧……"

"是关于路易十七的……"

"那有什么可说的？他早就死了！连我都知道。"索菲一上来就打断了哥哥的话。

"那可不一定！我刚在事务所里抄了一份向查理十世索要遗产的申请书。申请人好像叫卡尔-威廉·诺道夫……"

"是诺道尔夫，不是诺道夫！"姑姑打断了侄子的话，激动地说，"我就知道路易十七还活着！我一直这么认为，虽然有些人坚决不承认，但我确定他还活着。"

说完，她猛地站起来，好像随时准备要献身革命一样。

"真的吗？"索菲喊道。

"啊？姑姑，你不觉得他有可能是个冒充者吗？"奥古斯丁问。

自打父母去世之后，两个孩子和姑姑说话开始慢慢地以"你"相称，而不再使用尊称"您"。这种情况在当时的贵族中很少见，但玛格丽特姑姑认为这样可以拉近和孩子们之间的距离。

"我确定他不是冒充的！你们跟我过来！我还保留着五年前的一期《政宪报》，里面恰好讲到诺道尔夫的故事。"

说着，她把孩子们带到书房里。

"以前，我和你们的爸爸妈妈经常在这里讨论这些事情。"姑姑有些伤感地说。

"是啊，我也记得。"奥古斯丁点了点头。

玛格丽特走到一件樱桃木家具前，打开门，在一堆旧报纸中翻出了一张已经泛黄的报纸，骄傲地对孩子们说：

"就是这张！"

她把报纸铺在书房中间的一张大桌子上。两个年轻人围在姑姑身边，满眼焦急。

"看！就是这篇文章，最初发表在德国莱比锡的一家报纸上。里面提到诺道尔夫曾经出现在埃尔斯特河畔的克罗森镇上，人们称他为路易 - 夏尔，或者诺曼底公爵。"

两个年轻人目不转睛地读着报纸。

"他是钟表匠？"奥古斯丁读完后，惊讶地问，"一个王子当钟表匠？太不可思议了！"

"这个可怜的王子为了生活，不得不工作赚钱啊。"玛格丽特姑姑同情地说，"你们知道，我认识伯格丽欧·索拉里侯爵夫人，她曾经服侍过玛丽·安托瓦内特王后。一年前，我和她一起喝茶时，她说她见过卡尔 - 威廉·诺道尔夫，而且认出他就是王子！侯爵夫人十分确信诺道尔夫就是路易 - 夏尔——王后的儿子！"

"姑姑，这太不可思议了！"奥古斯丁兴奋地说。

"我要做调查，证明他才是国王！"索菲也按捺不住内心的激动，说道。

"你什么也不许做。"哥哥立即反驳道，"由我来做调查，寻找充足的证据。"

索菲听了，一脸不开心地朝哥哥做了个鬼脸。

姑姑笑了，对孩子们说：

"我很高兴你们对这件事感兴趣，不过，我们先吃饭吧！说了这么久，我有些饿了，克莱芒斯为我们准备了美味的芦笋沙拉！"

"你能把我介绍给侯爵夫人吗？"奥古斯丁问。

"没问题啊，我相信她一定很乐意和你分享这些故事。"

在饭桌上，他们谈论着君主制、路易十六之死和第一次法国大革命。对于没有亲身经历过的年轻人来说，大革命对他们而言有些模糊。于是，玛格丽特姑姑依照自己的价值观，趁机又给他们上了一节法国历史课。

丹普尔监狱

丹普尔监狱建于 1240 年，最初是一座封建城堡的主塔，在 14 世纪时成为国家监狱。主塔一共有四层，最顶端有一个阁楼。大革命期间，王室家族成员被关押在此。二楼关押着路易十六国王及王子，三楼关押着王后和公主。墙壁的厚度为 2.27 米。

16 世纪时，这里成为军队的驻扎地以及火药和炸弹的存放地。之后，主塔又被用来存放文件资料，其中一楼被用作会议室，召开省级会议。

在法国大革命期间，城堡主塔又成为国家监狱，直到 1808 年。后来，囚犯们被转移到万森纳地区的监狱，拿破仑一世下令拆除城堡。曾经有许多保皇派人士来此朝拜，因为这里曾经关押着王室家族。

第二章

拜访"死去的王子"

那天夜里，奥古斯丁难以入眠。夜空无云，月明星稀。这位年轻人从床上爬起来，走到书桌前，借着蜡烛的微光，给卡尔－威廉·诺道尔夫写了一封信，请求前去他家拜访。他突然产生了写一本关于诺道尔夫的书的念头。虽然他还不认识这位王子，但这个念头让他兴奋不已。过了一会儿，他便带着这一美妙的想法睡着了。

第二天上班之前，奥古斯丁亲自把信送到了里彻街 21 号——德·朗博得夫人的住所。她曾经是路易十七年幼时的女仆。如今，被人们称为"普鲁士钟表匠"的诺道尔夫暂住在她那里。

这一天对奥古斯丁来说极其漫长。在事务所，他难以集中精力阅读、抄写法律条文，他心绪不宁，对外界的任何动静都异常敏感：同事低声说话的声音，窗前鸟儿抖动翅膀的声音，邮递员来回送信函的脚步声，一切都使他焦躁不安。他心里想，请求拜访诺道尔夫的想法是不是太愚蠢了？自己只是一个高中毕业生，连大学都还没上过，有什么资格这样做？而且，这一大胆的举动，他既没有告诉布里克律师，也没有告诉姑姑。不过，他在信中毛遂自荐，提到自己在格吕奥－德拉巴利律师事务所工作，并且提到了玛格丽特姑姑的一位朋友。

回到家后，奥古斯丁一进门就发现门口的小圆桌上有一封信。信封上赫然写着寄件人的地址，正是德·朗博得夫人的住址。奥古斯丁被玛格丽特姑姑和索菲妹妹用各种问题轰炸了一通。由于他很少收到信件，更不会有专人来给他送信，因此，姑姑和妹妹一致认为这是个"大事儿"。于是，奥古斯丁不得不向她们坦白，给她们读了一遍诺道尔夫的回信，信上邀请他于6月16日登门拜访。

"那就是后天了！"索菲大喊。

"我的孩子，你太幸运了！你一定要给王子留个好印象！天啊！你能想象吗？你就要和这个本应该是法国国王的人见面了……"

玛格丽特姑姑激动得手舞足蹈。

接下来的两天，奥古斯丁不停地选衣服，试衣服，一连几个小时都在不厌其烦地试穿各种不同的衬衫。玛格丽特姑姑甚至从阁楼的储物间里找出一件漂亮的深蓝色坎肩，送给侄子，那是奥古斯丁的父亲以前每逢参加重大场合时必穿的衣服，玛格丽特姑姑一直小心地珍藏着这件衣服，以备不时之需。奥古斯丁很高兴：曾经在他中学毕业的时候，家人送给他一件绿色的坎肩，这次，他又有了一件蓝色的。索菲说了一句："那我呢？"她只是随便说说而已，并不希望得到什么。然而，玛格丽特姑姑决定大方到底，也送给侄女一件礼物，是一条细长的银手链。索菲立刻戴上了，开心地跳起来搂住了姑姑的脖子。

在事务所里，奥古斯丁谨慎地向格吕奥律师和拉普拉德律师提出了一些问题，凡是关于这位要求继承波旁王朝遗产的王子的各类文章，他都一字不落地仔细阅读。格吕奥律师发现这个年轻人有些奇怪，因此，在他的盘问之下，奥古斯丁终于坦白了自己的计划。他本以为格吕奥律师会批评他，没想到格吕奥律师竟然十分支持奥古斯丁的想法。

"奥古斯丁，你是年轻人的代表。我们的客户，也就是亲爱的诺道尔夫先生，我们的诺曼底公爵，也需要得到年轻一代的支持。我对你只有一个要求：你把他的故事写出来之后，要让我读一读。"

奥古斯丁愉快地答应了。

6月16日下午三点，他来到了德·朗博得夫人的住所。一个仆人把他带到了位于二楼的会客室。会客室里有很多小茶几，茶几上摆着一些小狗瓷器。

当诺道尔夫进去的时候，奥古斯丁立刻认出他来，因为他曾在姑姑家和律师事务所的资料里见过诺道尔夫的画像。他身后跟着一个大约三十多岁、头发却已灰白的男人。这个男人又高又瘦，就像一只单脚立地的水鸟。他手里拿着一些文件，做了自我介绍，原来他是诺道尔夫的秘书。奥古斯丁对诺道尔夫的长相感到很吃惊，因为这张脸和路易十六以及路易十八的太像了：同样的脸部线条，同样深陷的下巴、宽大的额头和卷发。

奥古斯丁对诺道尔夫能够接见他表示了感谢。

"您说您希望写一本关于我的书，我对此感到很荣幸。"这位声称是王位继承人的男人边说边邀请奥古斯丁坐在他的对面。

诺道尔夫的身上散发着一种温和善良的气质。

"我向您介绍我的秘书，我的得力助手，莫雷尔先生。"

奥古斯丁与莫雷尔握了握手。

"您需要我的什么帮助呢？"卡尔 - 威廉·诺道尔夫用带有德语口音的法语问道。

奥古斯丁正要说话，突然听到门口响起一阵吵闹声。他一下呆住了，那是妹妹索菲的声音，她不知道怎么溜了进来。所有人的目光一下子都集中在她身上。跟在索菲后面的仆人连声道歉，试图把她赶出去。索菲女扮男装，穿着从哥哥那儿偷来的旧衣服，这下可把奥古斯丁吓了一大跳。

"你来这里做什么！"奥古斯丁按压住心中的怒火质问妹妹。

"您认识这位年轻人？"诺道尔夫问。

"这是我的妹妹。我很惭愧，王子殿下。"

"您先不要这样称呼我，我还不算真正的王子，我现在只是诺曼底公爵，您可以叫我诺道尔夫先生。我从二十五岁起就叫这个名字，我现在已经五十一岁了。"

他转身看着索菲，问道：

"这位姑娘，你为什么突然闯进来？"

"我想帮助您证明您就是路易十七！"

索菲童言无忌的话引得诺道尔夫哈哈大笑。

"那你为什么女扮男装呢？"

"只有这样我才能顺利做调查呀！人们只让女孩子做一些无聊的事情，而从来不让她们做自己想做的事情！"

诺道尔夫又笑了，但他眼里闪过一丝忧伤。

"我也是，以前的时候，我也经常迫不得已乔装打扮……"

"如果您不想让她待在这里，我立刻让她出去……"奥古斯丁打断了诺道尔夫的话。

"不，让她留在这里吧，我喜欢她这样有个性的人。"

"年轻人，你们先介绍一下自己吧。"秘书对他们说。

奥古斯丁努力使自己给对方留下好的印象，他谈到了自己在著名律师事务所的工作，以及自己的家庭情况。当他提到自己去世的父母时，诺道尔夫说："我非常理解您的悲伤！对孩子来说，失去父母是一件极其痛苦的事情，我还记得我的母亲……当我们还住在凡尔赛宫的时候，每天早上我都带着我的小狗出去玩耍。它的名字叫莫莫。我们每天都去花园里摘一些花儿，然后悄悄地放在我母亲的梳妆台上，等她醒来就会看到那些花儿。"

诺道尔夫沉浸在自己的思绪中。奥古斯丁拿出记事本，准备做些笔记。

"您还记得您离开凡尔赛宫的那一天吗？"

"我们离开凡尔赛宫去杜勒里宫的那天吗？那是1789年10月6日，大约夜里一点钟。我当时非常害怕。大革命刚爆发不久，巴黎人民还在愤怒之中，我们被密密麻麻的人群包围着。拉法耶特先生的几名侍卫守在我们乘坐的汽车旁边，他那时还是制宪会议的副主席。我听见人们大声地咒骂我的父母，还看到有两名士兵的头颅被高挂在长矛上。"

"太恐怖了！"索菲情不自禁地惊叫起来。

"是的，我永远都记得那个令人震惊的画面，当时，我还只是个孩子。在杜勒里宫，没有任何人接待我们。我还

记得我当时对母亲说：'这个地方真难看！'

"后来，我和家人试图逃走，离开法国，父母害怕革命派会有过激的行动，这种担心是有道理的。母亲在 1791 年6 月 20 日早晨亲自过来把我叫醒，对我说：'孩子，快起来，我们要去战场了，你要亲自指挥。'我没有犹豫，立刻从床上爬起来，我想拿起军刀，穿上靴子，但我们的管家德·杜泽尔夫人非得让我穿女孩衣服，她还给了我一顶无边软帽！"

"你看，我也曾像你一样，只不过是男扮女装！"诺道尔夫对索菲说。

"那后来呢？您被捕了吗？"

"是啊，我们在瓦雷纳被捕。我和父母还有姐姐住在一个小旅馆里，但第二天一早，就有密密麻麻的人群在我们窗边怒吼：'我们要让他们回到巴黎！他们必须回巴黎！'于是，我们被迫坐上四轮马车原路返回。我们走得很慢，因为人群仍然包围着我们，不断有人向我们发出咒骂。母亲让我把头伸向窗外，想用孩子博得他们的同情，但这丝毫不能减轻人们的愤怒。我当时特别害怕，返回巴黎的那一天异常炎热……"

诺道尔夫沉默了。没有人敢打破这沉默，悲伤的气氛蔓延到整个房间，所有人都急切地等待着这位"普鲁士钟表匠"继续讲述他的身世。

"就是在那天，我们被关进了丹普尔监狱。"他只说了这么一句话。

接着，他不再往下讲了，转身对秘书说："我想我们的客人应该渴了，你给他们拿两杯橙汁吧。你们应该喜欢喝橙汁吧？"

两个少年立刻点了点头。

"为什么没有人相信您呢？"索菲鼓起勇气问。

"并非如此。我有许多支持者，有些是非常重要的人，比如好心让我住在这里的德·朗博得夫人，她曾是我母亲的仆人。还有布雷蒙先生，他曾是我父亲路易十六的私人秘书，以及艾蒂安·德·若利——司法部最后一位部长，还有伯格丽欧-索拉里侯爵夫人等。"

"我们的姑姑和侯爵夫人关系很好。"奥古斯丁说。

"您应该去拜访这些人，他们肯定会告诉您我的真实身份。"

奥古斯丁打开记事本，在上面认真地记下诺道尔夫提到的那些名字。

"那您的姐姐昂古莱姆公爵夫人呢？格吕奥律师对我说，她拒绝承认您是她的亲弟弟。"奥古斯丁问道。

"以前，当我去布拉格找她的时候，她连见都不愿见我一面，这让我很伤心。既然她不愿见我，又怎么能断定我不是她弟弟呢？不过，她这么做可能出于某些我不知道的政治原因，即便我能猜到一些……"

橙汁送上来了。奥古斯丁从虚掩的门口看到了一位气质不凡的金发女孩，女孩朝他腼腆地笑了一下。

"那是我的女儿艾米莉。"诺曼底公爵发现奥古斯丁注意到了艾米莉，便对女儿说，"我亲爱的小天使，快过来向客人问好！"

奥古斯丁站起来，和诺道尔夫的女儿握了握手，并示意妹妹也站起来。索菲一时不知所措，只是崇拜地看着艾米莉。艾米莉非常迷人，长得很像玛丽－安托瓦内特王后。父亲对女儿说明了客人的来意之后，女儿转身对奥古斯丁说："先生，非常感谢您，我很高兴我的父亲有了更多的支持者。你们继续聊，我先不打扰你们了。"

　　说完，她就走出去了，奥古斯丁的心里掀起一阵波澜。

路易十六

　　路易十六是路易十七的父亲，路易十五的孙子。在 1774 年，20 岁的路易十六登上了法国王位。16 岁时，路易十六娶玛丽－安托瓦内特为妻。这是一次政治联姻，目的是为改善法国和奥地利的关系。路易十六是一位好父亲，却对国事不感兴趣，他的爱好是制锁！虽然他在任期间，进行了一些有利的改革，但粮食价格一直在上涨，经历了几次饥荒之后，法国人民发动起义，最终大革命爆发。1793 年 1 月 18 日，路易十六被判处死刑，同年 1 月 21 日他被送上断头台。

玛丽－安托瓦内特

　　王后玛丽－安托瓦内特于 1755 出生在维也纳，是路易十七的母亲。玛丽－安托瓦内特是奥地利皇室公主，嫁给法国国王路易十六，生下了四个孩子，其中两个孩子在幼年时不幸夭折。王后酷爱艺术，经常在凡尔赛宫组织盛大舞会和文艺活动。人们批评她附庸风雅、虚张声势，有些人还嘲笑她说法语时有德语口音。她的绰号为"奥地利女人"和"赤字夫人"。1793 年 10 月 16 日，她被送上断头台。

© Photo Jodsse/Leemage

昂古莱姆公爵夫人

　　昂古莱姆公爵夫人是路易十六和玛丽－安托瓦内特的长女，原名为玛丽·泰瑞丝·夏绿蒂，被世人称为"丹普尔孤女"，一生颠沛流离。1795 年，在她十七岁之时，法国为了赎回被扣押在奥地利的囚犯，将她作为人质送往维也纳。20 岁时嫁给其堂兄路易－安东尼·德·阿图瓦——查理十世的长子。1836 年，她在捷克布拉格定居，当自称其弟弟的诺道尔夫去拜访她时，她拒绝接见。然而，她曾多次声称，自己的弟弟还活着。

© Sclva/Leemage

第三章

监狱生活与逃亡

艾米莉的到来使会客室里的气氛轻松了许多，有些人不再像刚才那么紧张了。

"我们的故事先讲到这里吧。您应该已经掌握了一些资料，我想给您看一下一些其他证据。"

莫雷尔的声音使奥古斯丁一下子回过神来。艾米莉离开后，他依旧呆呆地望着门口，房间里还有艾米莉身上留下的铃兰花的香味。索菲用胳膊肘推了一下哥哥，他才彻底从遐想中走出来。

"看啊！他们有更有价值的资料！"

奥古斯丁带着批评的目光瞪了一眼急不可耐的妹妹。

他心里想，自己这个妹妹有点儿自信过头了。不过，他还是欣慰地笑了，索菲的男孩子打扮使她看起来成熟了许多。

莫雷尔站起来，把手中的一些信件放到茶几上。

"我们有许多人提供的证据，他们一致认为诺道尔夫先生就是路易十七。"

"这封信难道是贝里公爵写的？"奥古斯丁指着其中一封信问。

"是的，就是这一封。"莫雷尔把信递给奥古斯丁，"他在信上回复说，他确定他认出了诺曼底公爵，他就是路易十七。"

索菲从哥哥手里夺走信，开始读了起来。

"唉，真遗憾，贝里公爵已经不在人世了……"索菲叹了口气。

"然而，孩子们口中说出的往往是真相。"接着，诺道尔夫激动地说，"姑娘，这真是一场悲剧啊！贝里公爵是被谋害的，因为他是波旁家族中唯一承认我是路易十七的人。"

贝里公爵是查理十世之子，路易十七的堂哥，在1820年被一名叫卢韦尔的拿破仑分子所谋杀。公众舆论一致认为，这名凶手还是处死国王路易十六的帮凶，但他还曾经帮助极端保皇党人，希望皇室得以复辟。

"我们这里还有一封法国驻柏林大使昂古先生的信，他曾经亲自向国王提出正式调查路易十七的身世。"莫雷尔补充道。

"因为这件事，国王认为他不守法纪，给了他一个警告。"这位"普鲁士钟表匠"叹了口气，"不过，你们律师事务所的人应该很清楚这些事情。"

莫雷尔把信件又放回茶几上。

"我的好秘书，你能不能去把窗户打开？这里太热了。"

秘书立刻起身去开窗。一阵微风吹来，也把街上的吵闹声带了进来，似乎是一个女人在咒骂一个男人，嫌他一个人占据了车里所有的座位。

诺曼底公爵喝了点儿橙汁，接着讲述他的故事：

"一开始，丹普尔监狱的生活条件还是可以忍受的，我们还可以在院子里玩球和丢石子。当我和家人被关进城堡主塔的时候，我才七岁。最初，所有人都被关在一起，我和父母、姐姐、伊丽莎白姑姑、朗巴勒公主以及管家德·杜泽尔夫人。后来，男人和女人被分开了，我和父亲关在了一起。

"又过了六个月，父亲和我们做了最后的告别。那是我和母亲、姐姐、姑姑最后一次见到他，我永远也忘不了那次令人心碎的分离。我知道我再也见不到父亲了，他让我许诺永远不要为他报仇。

"母亲对我说，父亲离开人世后，我就是路易十七了。我当时虽然没有完全明白这句话的意思，但我感到自己背负了一层更沉重的负担。后来，母亲也被人带走了。那一天，她心如刀割，紧紧地把我搂在她的怀里，我和姐姐在她身边徒劳地大哭大喊。

"从那天起，我就由修鞋匠西蒙抚养长大。他性情粗暴，但人并不坏，他的妻子对我也很好。革命党人竭力使我忘记自己是年幼的路易十七国王，他们逼我喝烈酒，教我唱革命歌曲，还教我说脏话……

"从那时起，我就再也没有见过我的母亲，但当时我还不知道她已经死了。我也再没见过我的姐姐和姑姑。"

房间里的人又一次沉默了。诺道尔夫又喝了一口橙汁。

"您是怎么从丹普尔监狱里逃出去的呢？"奥古斯丁又

问道，他感到有些为难，毕竟这对诺道尔夫来说是痛苦的回忆。

"是一些保皇党人帮助我逃跑的，因为我是王位继承人，是法国的君主。然而，在当时的形势下，逃跑是很难的。因此，他们决定把我藏在丹普尔城堡的塔楼里，并且骗那些迫害我的人说我已经逃跑了。

"有一天，人们让我吞下一种东西，我一开始以为是药，后来才知道那是鸦片。吃完以后，我开始昏昏欲睡，我迷迷糊糊地看到一个孩子走了进来，人们把他放到我的床上，又把我放进一个大篮子里。当我醒来以后，我发现自己躺在塔楼四层的一个房间里，人们不让我说话，甚至不让我发出任何声响，每到晚上就有人给我送吃的。

"那时正值寒冬，我九岁半，我感觉自己如同被活埋在一个储藏室里一般。就这样，我被关了大半年，一直到来年的六月，有一天，看管我的侍卫发现真王子不见了，躺在床上的是假王子，于是，为了避免受到惩罚，侍卫们决定把那个孩子弄死，那是 1795 年 6 月 18 日。保皇党人又强制我吸食鸦片，然后把我放在一个木棺材里，代替那个死去的孩子。我就是躺在棺材里，被人们从监狱里抬出去的。

"之后，我被救命恩人——保皇党人的朋友们收留了，他们把我带到一个城堡里。刚一落脚，我就病了。我记得有一位瑞士女士照顾我，她说起法语来有点儿口音，我的德语就是跟她学的。我非常感激她，因为后来德语这门语言帮了我很大的忙。"

诺道尔夫站起身来，朝窗户走去，望着窗外。公寓正对着一条狭窄的街道，阳光难以照射进来，桌上点着一支蜡烛，给房间增添了一丝光亮。两个年轻人沉默不语，他们望着这位饱经风霜的人。奥古斯丁握紧了拳头，仿佛坚信路易十七的命运就掌握在自己手中。不过，他对这位诺曼底公爵的真实身份还不是非常确定，他想了解更多的事情。

"原来，这么多年来您一直在逃亡！有些人认为您的经历太不可思议了，他们说这些事情都是您凭空编造的。"

"我跟您说实话，关于我逃跑的过程，我确实有些夸大其词，瞎编了一些场景，那是因为我不能透露某些地名和人名，我怕那些曾经帮助过我的人遭遇危险。"

不知是因为那些年的流亡生涯给了诺道尔夫某种直觉，还是他在街上看到了危险情况，只见诺道尔夫突然从窗边离开，浑身的肌肉都紧张起来，他就像一只落入陷阱中的猎物，大喊一声：

"他们来了！"

"是谁？"奥古斯丁问道。

"是警察！他们来抓我了，外面停着一辆车。"

诺道尔夫说得没错，楼梯里传来了一阵脚步声，接着是一阵猛烈的敲门声和叫喊声。那位可怜的仆人进来连声道歉，责怪自己没能阻止那些警察。诺道尔夫在秘书耳边悄声说了几句话，然后抓住他的手，对他说：

"我的朋友，你尽力吧！"

警察来了以后，屋里刮起一阵穿堂风，桌上的资料散落一地。莫雷尔和奥古斯丁急忙弯下腰去捡。这时，索菲顺手把贝里公爵的那封信悄悄地藏进了衬衣里。

六个警察一个接一个冲进了房间，走在最前面的看起来是个头目。尽管天气炎热，他依旧穿着一件白衬衫和一件黑外套，看不出年纪，但神情非常严肃。德·朗博得夫人也闻声过来了，她命令警察出去。王子这位旧日的女仆现在已经接近七十岁了，但她依然身体矫健，思维敏捷。

在警察向她表示了要逮捕诺道尔夫的来意之后，她反驳道：

"先生们，这里是我的家！我不允许你们打扰我的客人。"

"夫人，很抱歉，我这里有一张搜查令。"

"搜查我家？为什么？我不允许你们这样做！"

几个警察不顾她的反对，在客厅里到处搜查起来。

"你们想做什么？"诺道尔夫大声对闯入会客室的六个警察说。

"您就是人们所说的卡尔－威廉·诺道尔夫，尊敬的路易－夏尔殿下吗？"

"是的。"

"我以法律的名义逮捕您！"

"等等！"莫雷尔大喊一声，"请问逮捕的理由是什么？"

穿制服戴军帽的警察无视秘书的问题，也不顾诺道尔夫和奥古斯丁的反对，没收了茶几上的所有资料。

嘈杂的吵闹声惊动了诺道尔夫的妻子和孩子。艾米莉第一个跑过去，父亲把她搂在怀里。

"孩子，不要担心，一切都会好起来的，你要照顾好你的弟弟和妹妹们。"

最小的几个孩子围在母亲身边哭了起来，他们的母亲无动于衷，仿佛一个历经磨难的人，变得对什么都不在乎了。

奥古斯丁很想安慰一下这些孩子的母亲。他在心底暗暗发誓，一定要帮助诺道尔夫摆脱困境。首先是因为他觉得这次逮捕是不公正的；其次，也是为了借此博得艾米莉的欢心。

这间客厅容纳不了很多人，大家都挤在桌子和椅子中间，场面有些混乱。警察们继续翻东西，带头的警官开始检查所有人的证件。他对奥古斯丁和索菲质问了一番后，让他们离开这里，并批评奥古斯丁不该带着妹妹来这里瞎掺和。

奥古斯丁反驳说这并不怪自己，是妹妹自己跟着来的。

警官教训了索菲，这里可不是一个小姑娘应该来的地方！她正要顶嘴，但是哥哥使劲捏了一下她的胳膊。索菲疼得叫了一声，最终还是没反驳。

"请您通知一下他的律师。"莫雷尔悄声对奥古斯丁说。奥古斯丁点了点头，就带着妹妹离开了。

下楼梯的时候，索菲把手伸进衬衣，摸了摸那封贝里公爵写给诺曼底公爵的信，还好没有丢。

"你先回家吧，我去趟律师事务所通知诺道尔夫的律师们。"

索菲乖乖听从了哥哥的话，她也一心想着赶紧回家，把那封珍贵的信件藏起来。

西蒙夫妇

　　1793 年 7 月，鞋匠安托万·西蒙和妻子玛丽 - 让娜奉命去丹普尔城堡照顾年幼的王子。这对夫妇是革命派，还都是文盲，他们试图让王子忘记自己的皇家身份，教他唱流行歌曲，还教他老百姓的语言甚至粗话。1794 年 1 月 19 日，安托万·西蒙选择继续担任起义公社的领导职务，和妻子离开了丹普尔城堡。后来，他因有保护罗伯斯庇尔之嫌，于 1794 年 7 月 28 日被处死。一直以来，他的妻子玛丽 - 让娜都声称，她和丈夫当时把小王子放在一个洗衣篮里悄悄带出了监狱。

第四章

糟糕！被跟踪了

看到索菲迫不及待想回家，奥古斯丁有些诧异。不过他转念一想，大概是因为妹妹被刚才警察抓捕公爵的场景吓到了，毕竟她还是个孩子，他完全没有想到妹妹急于回家的真正原因。

奥古斯丁加快脚步，赶往律师事务所，心中还在为公爵被逮捕的事情愤愤不平，艾米莉的眼泪和她家人的恐慌使他感到难过。

这一消息震惊了整个事务所。

格吕奥律师决定立刻去警察局见诺道尔夫，拉普拉德律师和布里克负责向奥古斯丁询问相关情况，以便做好为被告辩护的准备。

显然，诺道尔夫事件使路易－菲利普国王很不满，因为他不想因为此事得罪昂古莱姆公爵夫人。虽然诺道尔夫表示绝不谋求王位，国王依然害怕波旁家族的老一辈会支持归来的王子，从而引起纷争。如果说路易十七还活着的话，他的两位前任，路易十八国王和查理十世国王就相当于谋权篡位，如今，他路易－菲利普作为波旁家族辈分最小的一代，也登上了王位，世人会怎么想呢？

但是，令奥古斯丁不明白的是，路易十七的姐姐昂古莱姆公爵夫人虽然声称弟弟还活着，但执意不承认卡尔－威廉·诺道尔夫就是自己的弟弟，她甚至连见都不愿见他一面！可惜，她如今不在法国生活，而是在布拉格，奥古斯丁要想见她一面太难了！

于是，他开始研究诺道尔夫的支持者名单。律师事务所让奥古斯丁全权负责调查工作，继续搜集证据。但是，警察没收了诺道尔夫住处的所有证据资料，拉普拉德律师感到担忧：警察局会怎么处理这些文件？是存档还是销毁呢？

"当国家形势复杂的时候，掌权人什么事都做得出来。"拉普拉德律师提醒奥古斯丁。

奥古斯丁决定去拜访伯格丽欧－索拉里侯爵夫人。玛格丽特姑姑提前和侯爵夫人打了声招呼，对她说自己的侄子正在调查诺道尔夫事件，想登门拜访她。一听到诺道尔夫的名字，这位上了年纪的女士立刻答应接见奥古斯丁。

　　侯爵夫人的家里金碧辉煌，别具一格。她舒舒服服地躺在一张柔软的安乐椅上，两只白色的小狗趴在她身边。一听到客人进来，小狗汪汪叫起来。奥古斯丁按照姑姑之前的叮嘱，走上前去，躬身亲吻了侯爵夫人的手。她指着对面的一张扶手椅，示意奥古斯丁坐下。侯爵夫人一开始态度有些傲慢，但一提到诺曼底公爵，她就一下子激动起来：

　　"我坚信诺道尔夫先生就是路易十七，这是毫无疑问的。年轻人，我来给你讲讲原因。在 1803 年，我和时任威尼斯共和国部长的丈夫应邀参加巴勒斯家的聚会……"

　　她突然停下来问：

　　"你知道谁是巴勒斯吗？"

　　"呃……他是……"

　　"啊！现在的年轻人真是什么也不知道！巴勒斯是制宪会议的一位议员，也是法兰西共和国督政府的成员。他还曾经投票赞成处死路易十六。"侯爵夫人满脸鄙夷地补充道。

"那是一个冬天的晚上，在布鲁塞尔，我们在巴勒斯家里聚餐。我清楚地记得，当大家谈到拿破仑谋求王位的意图之时，他对我们说，拿破仑不会得逞的，因为路易十六的儿子还活着。"

"真的吗？"

"当然了，我的孩子。我虽然老了，但还不傻！但这并不是我支持他的唯一原因。在1819年末，我曾经与荷兰霍顿丝王后有过一段时间的交往，她亲口对我说，她确定王子当年从丹普尔监狱逃走了。"

老妇人很高兴面前有一位如此专注的听众，她愿意对奥古斯丁讲讲那些过去的事情，帮助他完成写书的计划。

"你要写一本书？这真是个好主意！"她感叹道，"我还可以跟你讲一些宫廷轶事……"

还没等奥古斯丁回答，侯爵夫人就开始滔滔不绝，讲了一个和王子一点儿关系也没有的宫廷趣事。但他不敢得罪侯爵夫人，于是，在那两只小白狗不信任的目光"监督"

之下，奥古斯丁听她讲了足足有一个多小时。

他心里想，必须再去一次德·朗博得夫人家，因为他之前还没找到机会和这位曾经服侍过王子的人交流。对奥古斯丁来说，她才是知道真相的人，他希望亲耳听到德·朗博得夫人证明诺道尔夫就是路易十七。

在去她家之前的几天里，奥古斯丁继续收集和路易十六关系密切的人所提供的其他证据。大家的说法基本一致，其中，路易十六的最后一位部长——司法部部长艾蒂安·德·若利热情地接待了奥古斯丁，对他说：

"一开始，我拒绝接见诺道尔夫，然而，当他站在我面前的时候，我不再有任何怀疑了。他的言谈举止和路易十六一模一样，冒充者是模仿不来的。"

几天后，当奥古斯丁再次登门拜访德·朗博得夫人的时候，受到了热情的接待。这位夫人仍然为那次突袭而感到震惊，警察们竟然把路易十六的旧物全都扣押了。

德·朗博得夫人头发灰白，她瘦长的脸、大鼻子和薄嘴唇使她看上去有些严肃，然而，她的目光非常温柔。她问奥古斯丁是否喝茶，奥古斯丁虽然更想喝冷饮，但他还是答应了喝一杯茶。德·朗博得夫人一杯接一杯地喝茶，似乎在努力平复自己的心绪。过了一会儿，她对奥古斯丁吐露了自己内心的想法：

"当我第一次遇到诺道尔夫的时候，我马上就确信，他就是我曾经服侍过的王子殿下！我找出王子小时候的一件蓝色衣服，他只在凡尔赛宫的时候穿过一次。我把那件衣服拿给诺道尔夫看，想试试他是否会搞错，于是就对他说他曾经在巴黎穿过这件衣服。令人不可思议的是，他马上对我说：'不，夫人，这件衣服我只在凡尔赛宫的时候穿过一次！'他连细节都记得那么清楚，我怎能不相信他呢？而且，他是那么真诚的一个人！"

老妇人擦了擦眼泪，往昔的回忆全都涌向心头。国王路易十六和王后玛丽－安托瓦内特在凡尔赛宫的辉煌时代永远过去了。那个时代对奥古斯丁来说很遥远，但却深刻影响了整整几代法国人。国王和王后的死改变了法国老百姓对王权至高无上的信仰，大革命之后，人们迎来了共和国时代。虽说波旁王朝后来又重掌政权，但君主制已经日薄西山了。拿破仑帝国也使法国社会发生了深刻的变革，尤其是大资产阶级控制了国家的经济命脉。

奥古斯丁把茶杯放在桌上，并没有趁热喝。德·朗博得夫人感到有些诧异，但又不想公然表示不满。

"年轻人，你相信预言吗？"

奥古斯丁从未想过这个问题，因而有些措手不及。说实话，他从来不相信这些无聊的蠢话和所谓的"启示"。然而，他认识的许多人，包括玛格丽特姑姑，有时会找占卜师算一卦，并以此为乐。这种做法在当时是很流行的，但奥古斯丁认为这毫无意义。

"我这么问，是因为预言家马丁明确地预言诺道尔夫就是路易十七！"

"马丁是谁？"奥古斯丁问。

"他是一位非常有名的预言家，他在1830年曾预言查理十世将不再继续统治法国，他的儿子亨利五世也不会。事实证明，他的预言非常准。他坚定地认为诺道尔夫就是路易十七，因为他曾在梦中见过诺道尔夫。"

奥古斯丁笑了，但笑得有些僵硬，这可不是他想要寻找的证据，他所需要的，是确凿的，真实的证据。

他们的谈话慢慢接近尾声。奥古斯丁礼貌地向老妇人道谢后就离开了。走在路上，他一不小心，差点被一个推车捡破烂的人撞倒。天色阴沉，空气里有种潮湿的味道，还夹杂着一股特别的烟草味。奥古斯丁望着天上飘着的乌云，心想大概要下雨了。他掏出怀表看了一下，竟然已经七点了！于是，他加快了步伐，因为他不想错过晚餐，也不想让玛格丽特姑姑担心。

奥古斯丁打算原路返回，走上了舒瓦瑟尔街。虽然已经不在刚才的街区了，但他依然能闻到一股烟草的味道，这味道和刚才闻到的一模一样。于是，他在一家卖拐杖的商店橱窗前停了下来，观察周围的动静。这时，他看到一个抽雪茄的男人停在不远处的一家枪械店前，正贼眉鼠眼地望着他这边。

"难道我被跟踪了？"奥古斯丁突然怀疑起来。这使他心生困惑：那人是警察吗？自己是因为调查诺道尔夫事件才被跟踪的吗？或许他只是一个普通的劫匪呢？那名男子看上去比较年轻，个子不高，穿着一身有些破旧的黑衣。

"可能是我想太多了。"奥古斯丁自言自语道。接着，他走进了商店，向店员询问拐杖的保养方法。不过，他并没有买，谢过店员之后就离开了。这时，他注意到那名男子离橱窗稍微远了点儿，但依旧站在那里。奥古斯丁心头一紧，有种不祥的预感。不过，还好他对周围几条路比较熟悉。他向右拐，走上了另一条街，街道尽头有一家咖啡馆，他曾经和妹妹、姑姑在那里吃过坚果冰激凌。有一天，妹妹为了追赶一只猫，从咖啡馆后门溜了出去，家人差点找不到她了。于是，奥古斯丁决定也这么做。他走进咖啡馆，在服务生惊讶的目光中，奥古斯丁直奔后门，走上了另一条街，并快速跑上一辆公共马车，终于摆脱了那名男子。然而，他还是感到不安。

他确实被人跟踪了。

回到家的时候，晚饭已经开始了。奥古斯丁连忙向姑姑道歉，他迟到得不是时候，因为姑姑正好请了他的一个叔父贾斯汀·德·科尔博兰到家里吃晚餐。在饭桌上，索菲给大家又讲了一遍诺道尔夫被逮捕的经过，玛格丽特姑姑又一次激动起来，大家展开了激烈的辩论。这位叔父是路易-菲利普国王的狂热支持者，他坚信王子1795年在丹普尔监狱时就已经死了，自那时起，陆续出现的自称为路易十七的人都是些骗子，包括诺道尔夫。

由于大家意见不合，到了餐后甜点的时候，餐厅里的气氛变得比冰激凌还要冷。

关于诺道尔夫事件，贾斯汀提出的论据听上去很有说服力，尤其是诺道尔夫从逃离丹普尔监狱到 1810 年在柏林现身之间的那段时间，存在着一些疑点。

"诺道尔夫说的都是些令人厌烦的蠢话！连尤金·斯克利伯 ① 都不敢在剧本里编造绑架、昏迷之类的无稽之谈！"路易 - 菲利普的这位狂热支持者愤怒地说。

"确实，这名'普鲁士钟表匠'的故事的疑点就在这里，"奥古斯丁表示同意，接着又说，"但诺道尔夫说他之所以不完全公布事实，是为了保护那些曾帮助过他的人的隐私和安全。"

"真是一派胡言！"

贾斯汀气得白胡子都抖了起来，这倒把索菲逗乐了。

---

① 尤金·斯克利伯出生于 1791 年，是 19 世纪初非常受欢迎的一名剧作家，共创作了近 500 部戏剧。

不过，索菲依然像家里其他人一样，支持诺道尔夫。这位表叔告辞之后，这些疑点也烟消云散了，毕竟全家只有他一个人不相信诺道尔夫。玛格丽特姑姑和两个年轻人更加坚定了支持诺道尔夫的想法：他才是法国王位的真正继承人。

舒瓦瑟尔街

　　舒瓦瑟尔街，也叫舒瓦瑟尔拱廊街，位于如今的巴黎第二区。这条隐蔽的小巷建于1825—1827年间，街道两边的有些建筑物是居民住宅，楼顶罩着玻璃罩。是当时巴黎最具现代化特色和最长的拱廊街之一。十九世纪时，这条街道上人来人往，而且很干净，巴黎人经常在此购物、避雨。如今，政府对这条街进行了一些治理和改造，将其中一些建筑列为历史保护建筑。

第五章

丢失的笔记

第二天早上，奥古斯丁一吃完早饭就准备出门，妹妹索菲吵着要跟哥哥去监狱探望诺道尔夫。

　　"幸亏姑姑还没起床，要是让她听到了，她得多担心啊。"奥古斯丁对妹妹说。

　　索菲只得答应待在家里，她不愿像上次擅自去诺道尔夫家里一样，惹姑姑生气。她这次要是再不听话，恐怕就要挨揍了。

　　奥古斯丁走到街上的时候，才想起来昨天晚上被跟踪的事情，因为他突然看见一个人，和昨晚那个人长得很像，正走在他对面的人行道上。

　　到了律师事务所以后，他的心情终于慢慢平静下来。格吕奥律师去了司法部，试图说服部长，让他相信诺道尔夫的做法是合情合理的。他还向国务部提交了申请，要求释放这位声称是路易十七的先生。

奥古斯丁疾步走在路上，当他快到监狱门口的时候，看到艾米莉和她的母亲刚从里面出来，便向她们脱帽致意。还没走几步，奥古斯丁突然转身返回到她们面前。诺道尔夫太太满脸狐疑地打量着面前这位年轻人。奥古斯丁本来满腔热情地想对她们表示一下关心，但是这位母亲就像老母鸡保护小鸡一样，严厉地瞪了他一眼。奥古斯丁只得拘谨地笑了笑，说自己会尽最大努力帮助王子殿下重获自由。艾米莉微笑着向他投去感激的目光，而母亲只是一个劲儿地唉声叹气，对他说：

"年轻人，命运对我们太不公平了，恐怕就算您耗费所有的精力，也难以改变我们的处境。不过我们全家还是要感谢您对我们的支持和帮助。"

这位母亲冲奥古斯丁礼貌地笑了笑，他们的谈话就此结束。

诺道尔夫太太带着女儿离开了，艾米莉回头又看了奥古斯丁一眼，他心中感到痛苦，他要怎么做才能博得艾米莉以及她母亲的好感呢？或许把他父亲解救出来就可以了！

但是，奥古斯丁又意识到一个新的问题：他和艾米莉是两个不同世界的人。这个女孩要么像某些人认为的那样，是骗子的女儿；要么是路易十六的孙女，是本应该统治法国的国王之女。不管怎么说，他们俩都不是一路人。

此刻，奥古斯丁脑海中只想着艾米莉温柔的笑容和优雅的举止。

接着，他走进了关押诺道尔夫的监狱，心里有些紧张。囚犯们被关在不同的牢房里，"普鲁士钟表匠"和另外两个人被关在同一间。其中一个人是一家报社的社长，因为冒犯了国王而被捕入狱；另一个人是剧作家，他的作品在公演后没有得到国家高层人员的认可，所以也进了监狱。

奥古斯丁坐在小板凳上，迫不及待地想要继续了解卡尔－威廉·诺道尔夫的故事，他尤其好奇王子是怎样在德国成为一名钟表匠的。

诺道尔夫带着生涩的德语口音，继续讲述他的经历。周围不时传来一些囚犯的喊叫声，但并没有打扰到他们。

"我对那段时间记得不是很清楚，但我清楚地记得我曾得到约瑟芬·博阿尔内 ② 的帮助。为了混淆视听，她曾经把一个跟我长得很像的小男孩送到美洲去，而我和一个被称为'猎人让'的男人一起去了威尼斯，他原名叫蒙莫兰，那段时间一直是他照顾我。后来，我们到了的里亚斯特市和教皇国，我还与教皇庇护六世见过面。"

"教皇？"奥古斯丁惊讶地问道。

"是的。我对后来发生的事记忆不太深刻了，但是我记得我被逮捕了，被关在一座城堡里，一直到 1809 年。有天晚上，养父把我叫醒，我们逃到了德国。为了打发时间，我就跟着我的养父学习修表，成了一名钟表匠。又经历了一些曲折之后，我到达波希米亚地区，加入了奥尔斯公爵的军队，成了一名军官。

"1810 年，我带领着一支二十五人的小分队和拿破仑军队在德累斯顿发生了冲突。我的士兵们有一些被杀，另一些成了俘虏。我伤得很厉害，也被抓了起来。我和其他俘虏都被法国军队押着，一直走到易北河畔的马格德堡。易

<hr>

② 约瑟芬·博阿尔内是国王拿破仑·波拿巴的第一任皇后。

北河当时被内伊元帅带领的法国军队所占领，周围整个地区都被拿破仑帝国吞并。我当时病倒了，高烧不退，他们就把我留在那儿了。

"在我的身体还没完全恢复过来的时候，人们就把我和我的战士们转移到另外一个地方，我们又被关押起来。我和一个叫弗雷德里希的人从一个教堂的地下室里逃了出去，直奔柏林，打算加入德国骑士团。由于我的异邦身份，我没有被接纳，但多亏了一个叫勒科克的法国籍警察长，我才得以继续待在柏林。我向他解释了我的情况之后，他给我开了一张身份证明，于是我便成了柏林施潘道区的一个居民。"

奥古斯丁又想起了他的叔父贾斯汀的话。他一直认为诺道尔夫的解释荒诞不经，说他是骗子。然而，"普鲁士钟表匠"对奥古斯丁肯定地说，他这段时期的经历是有依据的，完全可以查证，尤其是从1810年以来发生的事情。

"他和教皇的见面可能是假的……"奥古斯丁心里开始怀疑诺道尔夫的某些陈述。

"警察没有要求您提供出生证明吗？"

"当然要求了，但是我没有啊！几年前，警察给我诺道尔夫这个假身份，说我是一个名为戈雷弗罗伊·诺道尔夫的儿子，但这个所谓的父亲是不存在的，我的父亲是国王路易十六！奥古斯丁，你想想，勒科克警长之所以给我开身份证明，而不需要我提供出生证明，那是因为他已经通过调查，掌握了我的资料。他知道我的真实身份，相信我是真正的路易十七！后来，我娶了我现在的妻子让娜，接着，我们有了第一个女儿，就是您那天见到的艾米莉。"

一听到艾米莉的名字，奥古斯丁立刻就脸红了。他有点儿担心被诺道尔夫发现，但是诺道尔夫丝毫没注意到他的表情，继续说道：

"1821 年 1 月，我们离开施潘道，去了勃兰登堡。不幸的是，就在这座城市，我被指控放火烧了家门口的剧院！但幸运的是，我后来被无罪释放了！我只是受到了一些不怀好意的人的诬陷！奥古斯丁，你能想象吗？后来我又被指控造假币！"

奥古斯丁惊讶得差点跳了起来：堂堂一个法国王子竟然造假币！太难以置信了！

"我被判了三年有期徒刑，我被判刑并不是因为造假币的罪名，而是因为我在法官面前讲了我的身世和经历，法官们听了不屑地耸耸肩，一个劲儿嘲笑我，把我当作疯子！"

奥古斯丁注意到，当这位王子在愤怒或激动的时候讲法语，德语口音就更加严重了。

"1828年，我被释放以后，就去了德意志萨克森王国的克罗森镇。那是一个周日的晚上，我到现在都还记得很清楚。我和家人在克罗森集市上绝望地走着，我们全部的家产只有48法郎，妻子和孩子在我身边哭泣，我们不知道该去哪里，也没有朋友……"

谈起这件往事的时候，这个被命运无情捉弄的男人脸上写满了忧伤。

"我在那儿重新做起了钟表生意。五年后，我收到了一封来自德·阿尔布伊先生的信。他是法国卡奥尔市的一名法官，也是我刚到巴黎时收容我的那位好心人的哥哥。他向我保证一定会支持我，他还说，在法国还有许多人也支持我，让我来法国申诉，以便得到皇家的认可。我很感谢他们，正是通过他们，我的支持者才得以见到我，帮助我……不过，我也因此又进了监狱。"

他沉默了。奥古斯丁厌恶地看着满是灰尘和污垢的墙壁，而诺道尔夫一辈子进过那么多次监狱，已经习以为常了。他打了个寒战，不禁心想王子是如何忍受如此悲惨的生活的。

天色已晚，奥古斯丁该离开了。他决定不回事务所，而是直接回家。

诺道尔夫拥抱了他，在他耳边悄声说，要是自己有个像他这样优秀的儿子该多好。

所有公然触犯现任国王路易－菲利普的人迟早都会进监狱。奥古斯丁看着眼前这个被命运捉弄又失去自由的男人，心里一阵阵难受。

在这次探访中，奥古斯丁做了许多笔记。此外，律师事务所的领导已经把诺道尔夫的生平和经历都记录了下来。虽然奥古斯丁把此前诺道尔夫做的所有陈述都毫无保留地向上级汇报，但这一次监狱的会面，他不想让别人知道。奥古斯丁心想，说不定哪一天自己会用到这些素材。当然，他可能会成为律师，但也有可能成为一名历史学家，或者著名作家呢！他或许可以写一本小说或一部戏剧。

奥古斯丁喜欢去剧院，他至今还对 1832 年在圣马丁门公演的大仲马的戏剧《奈斯勒塔》印象深刻。这部剧是他和父母一起去看的，妹妹没有去。因此，一回到家，妹妹就缠着哥哥给她演一遍，给她讲演员的动作和舞台装饰。哥哥把情节改编了一下，毕竟剧中的主人公，王后玛格丽特·德·勃艮第杀死了自己的情人这个情节讲给一个十岁的小女孩可不太合适！奥古斯丁想到自己调皮捣蛋的妹妹，忍不住笑了。

他沉浸在对过往的怀念中，那时，他们是幸福的，霍乱还没有降临到他们身上。

此时，奥古斯丁还没注意到前一天晚上尾随他的人又一次出现在他的身后。他离开林荫道的时候才意识到自己又被跟踪了。

"这个家伙太过分了，怎么一直跟着我！看我怎么甩掉他！"

他加快了脚步，穿梭在车流中，还撞到了几个行人，引来一个路人的咒骂，他连声道歉。

使奥古斯丁感到得意的是，那个跟踪他的人不见了。这时，他发现自己来到了皇家宫殿的花园。他本想藏在拱廊里的柱子后面，彻底甩掉尾随者。然而，正在这时，一个穿黑衣的男子突然出现在他面前，用威胁的目光注视着他。接着，之前跟踪他的男子不知从什么地方突然冒出来，从背后猛地冲向奥古斯丁。奥古斯丁向前倒下，面前的男子一下子抢走了他的笔记，而后面的男子紧紧抓住他不放，等他的同伙溜掉之后，才放开奥古斯丁，往另一个方向逃走了。

奥古斯丁站起来，惊恐地待在原地，一动不动。突然，他意识到自己的笔记不见了，脑子里一阵眩晕。他赶紧站稳，向劫匪的方向跑去。但是，他又改变了主意，劫匪已经跑远了，肯定追不上了。他愤怒地吼了一声，引来一些路人惊讶的目光。

奥古斯丁脚步沉重地走在街上，感觉全世界的重担都落在他肩上。他责怪自己太不小心了，为什么没有尽早防备呢？那个人已经跟踪了他整整一天，自己竟没放在心上！

对诺道尔夫的这次探访使他感到自己身上的责任重大，而现在，他只觉得自己不配担此重任。他太自以为是了，律师事务所的资深律师都解决不了的复杂问题，自己又如何能解决得了呢……

回到家以后，奥古斯丁依然深感愧疚，不敢向姑姑坦承自己的失败。当然了，他完全可以撒谎，不提劫匪的事，但总有一天姑姑会知道的，而且爱管闲事的妹妹很快会发现真相，所以最好还是马上坦白。他想，姑姑和妹妹或许会有办法把笔记找回来，尽管可能性很小。

公共马车

公共马车的灵感来自古代的驿站，是一种由马拉的车子，是城市重要的公共交通工具。最早的公共马车出现在 1826 年的法国南特，随后又出现在巴黎（1828 年）和勒阿弗尔（1832 年）。最后，全法国的城市都有了公共马车。1825 年，公共马车总公司在巴黎设计了 25 条以上线路。1913 年 12 月 12 日，公共马车在巴黎最后一天运营。

© Bianchetti/Leemage

皇家宫殿花园

　　皇家宫殿花园由巴黎主教黎塞留下令建造，自 1643 年起成为皇家住宅，1661 年后又成为奥尔良家族的住所。花园位于皇家宫殿建筑群的中心，花园周围还有法兰西喜剧院、王宫剧院和著名餐厅大维富。如今，皇家宫殿花园已成为人们休闲娱乐的场所，然而，这里曾经上演过一段动荡不安的历史：1830 年革命期间，这里曾发生过大规模的人民起义，并引发了流血事件和死亡事件。作家巴尔扎克在其小说中数次提到过这个危险的地方。

© Selva/Leemage

第六章

至关重要的证据

如同奥古斯丁所预料的一样，玛格丽特姑姑和索菲沮丧极了。

他感到肩膀有些疼，大概在和劫匪搏斗时扭伤了，但他不敢告诉姑姑，怕她担心。

"奥古斯丁，你不应该再掺和这件事了，毕竟这是国家的事情，我们力不从心啊。我也有错，我当初不应该鼓励你调查这件事，是我太不谨慎了。"玛格丽特姑姑自责道。

姑姑不在乎笔记是否被盗，她关心的是奥古斯丁的人身安全，万一他受伤或被捕，那该多让人担心啊！现在，诺道尔夫事件变得危险起来。

不过，索菲可不这么想。她生气地提出抗议，认为应该继续调查。

说完，她赌气跑回房间，奥古斯丁想跟过去安慰她，被姑姑制止了。

"不用管她，她自己会想明白的。"玛格丽特姑姑对索菲的态度很不满意。

奥古斯丁不知道妹妹是否会就此罢休，他自己也想静一静，于是上楼回到了自己的房间。

他脱掉在争斗中被撕破的衬衫，揉了揉还隐隐作痛的肩膀，找了一件干净的衬衫换上。

在经过妹妹的房间时，奥古斯丁听到了纸张沙沙响的声音和地板的吱呀声。于是，他没敲门就进去了。

索菲正满地爬来爬去，像是在找什么东西，然后把整个脸埋进一个橱柜的抽屉里。听到哥哥进来的声音，她惊慌地跳起来，一不小心头撞到了上面一层抽屉上。

"你怎么能私闯女孩的闺房！"索菲愤怒地喊着，同时揉着头上鼓起的包。

"你不是别的女孩，你是我的妹妹。"奥古斯丁反驳道。

"那我也是一个女孩，我不允许你随便进入我的房间！"

"你在做什么？"奥古斯丁边走向抽屉边问。

"没做什么，别烦我！"

这时，他看到敞开的橱柜里有一封被卷起来的信。

"这是什么？"哥哥继续问，同时把手伸过去。

"别动！那是我的！"

索菲急忙走到橱柜面前挡住哥哥。

"让我看看！"

"不行！"

兄妹俩对峙了一会儿，谁也不让谁。奥古斯丁之所以执意要看，是因为他感觉信上有重要的信息。

于是，他决定改变策略。要想达到目的，必须和妹妹斗智而不能斗勇。想到这儿，哥哥的态度缓和下来，不再以霸道的方式和妹妹讲话，而是把妹妹看作一个有共同事业的合作伙伴。

"你知道我是站在你这边的，我的观点和你是一致的，我们都希望诺道尔夫得到认可，希望他成为真正的王位继承者，所以你应该信任我。"

索菲没有说话，她在思考是否应该相信奥古斯丁。哥哥焦急地等待着妹妹的答复，他感到等待的几分钟像一个世纪一样漫长。终于，妹妹说话了，决定与哥哥合作：

"我可以给你看这封信，但你不能告诉玛格丽特姑姑。"

奥古斯丁答应了妹妹，虽然他内心并不十分确定能否坚守承诺。

索菲把信从身后拿出来，递给了哥哥。哥哥迅速地扫了一眼信里的内容之后，目光落在了结尾的签名上。

他惊讶地睁大了眼睛，看着坐在他身边的妹妹。

"哥哥，这封信很重要对吧？"

"索菲，这封信是贝里公爵写给诺道尔夫的！"

"对呀，是他写的。"妹妹平静地说。

"你知道吗？这封信真的太重要了！你在哪儿找到的？"

"那天，诺道尔夫和秘书给我们看那些证据资料的时候，我悄悄地把这封信拿了出来；当警察来的时候，慌乱中资料乱飞，散落了一地，我趁机把这封信藏在衬衣里。当时，所有人都忙着捡地上其他的资料，但是，这封最重要的信可是在我手上！"

索菲骄傲地挺起胸来。

这下，奥古斯丁全都明白了：正是因为这封信，他才被人跟踪，被人袭击……警察一定在到处找这封信，并认为信在他手上。警察知道诺道尔夫的律师们把所有的证据资料都进行了编号，一共有202份。如果缺少一份的话，警察自然而然地认为是被奥古斯丁偷走的。

索菲对自己做的事情感到很骄傲，话里带着一种优越的语气。但奥古斯丁知道，把这封信藏起来，会使他们落入更加危险的境地。该怎么处理这封信呢？继续藏在自己家里还是交给律师事务所保管，或是藏在保险箱里？

"哥哥，你不夸夸我吗？"

"好啊……啊不能……我也不知道。"

"你应该表扬我，我知道这封信很重要！"

"是的，但是这封信也很危险，可能会给我们带来巨大的麻烦。"

"你就是个胆小鬼！"

"我不是！我是这件事情的负责人，我考虑的是我的行为会带来的后果！"

"哎哟哟！你说话跟律师一模一样了！"

"别吵！我需要好好思考一下。"

奥古斯丁感觉国家的机密就掌握在自己手中，激动得几乎颤抖起来。第二天一早是否就应该把信交给律师事务所的领导，也就是为诺道尔夫辩护的律师呢？按理来说应该交上去的！哦不，不行！因为警察肯定也会有同样的想法，他们一定会去律师事务所搜查的，毕竟，对警察来说，拿到搜查令是很容易的事情。

"我们要把信件继续藏在家里。"奥古斯丁斩钉截铁地说。

索菲也认为这是理所当然的，然而，她怎么也想不到，这件珍贵的"战利品"成了全巴黎警察的搜索目标。

"我们把信藏到原地吧。"索菲提议道。

"不，应该找一个更隐蔽的地方。所有人都会首先想到床底和橱柜抽屉，这太危险了。"

索菲叹了口气。她哥哥的谨慎或许是对的，贝里公爵的这封信像一块烫手的山芋，需要好好保管。兄妹俩想出了各式各样的主意：把信装到盒子里，再埋在花园里？可是如果经常下雨的话，信件就会烂掉……藏在壁画后面？可万一掉出来就不好了……

"放到壁炉里！"奥古斯丁冒出一个新想法。

"可是，万一玛格丽特姑姑怕冷，想生火呢？"索菲反驳说。

"啊！玛格丽特姑姑……"

奥古斯丁心里想，要不要告诉姑姑呢？最后，他还是决定不告诉她，她一定反对这件事情，要把这封信交给警察……

兄妹俩经过一番协商之后，决定把信藏在壁炉里：现在是夏天，天气炎热，姑姑应该不会生火；再说他们只是暂时把信藏在这里，之后还会再换地方。就目前来说，他们打算把信藏在壁炉前的挡板里，这样就会避开所有人的目光。

晚上，两个年轻人决定等玛格丽特姑姑入睡以后，再开始行动。姑姑的卧室里传来均匀的呼吸声，她应该睡着了。于是，兄妹俩屏住呼吸，悄悄地掀开了壁炉的挡板，把信塞了进去。之后，两人依旧待在那里，出神地看着壁炉，仿佛它可以通向某个隐秘的通道，连接某个不为人知的地方。

最后，奥古斯丁回到了自己的房间。他躺在床上，心潮起伏，脑海中又浮现短短几天以来的经历：爱上了"王子"的女儿；去监狱探望囚犯；在街上被抢劫。他感到自己在一瞬间突然成熟了，成了一个真正的男人。他起身点了一支蜡烛，从书柜里拿出作家夏多布里昂的《阿达拉》，开始读了起来，一直读到睡意来袭。

贝里公爵

贝里公爵是路易十七的堂哥，查理十世之子，于1778年在凡尔赛城堡出生。大革命期间，他和父亲被迫流亡，直到1814年才返回法国。由于他和想恢复旧制的极端保皇分子交往密切，因此被一名叫作鲁万的拿破仑分子刺杀，于1820年2月13日不幸身亡。他去世几个月以后，他的儿子——即后来的尚博尔伯爵出生了。贝里公爵很有可能曾向国王路易十八透露路易十七并没有死的事情，并向国王肯定诺道尔夫就是真正的路易十七。

© Selva/Leemage

第七章

不速之客来访

第二天早上，奥古斯丁去了律师事务所。还没等走上二楼，他就感到气氛不对，办公室里传来了同事和领导的说话声和喊叫声，于是，他快步走上楼梯。

办公室的门大开着。他急忙冲进去，不小心撞到一名年轻的律师。办公室里的场景吓了他一大跳：几百张纸凌乱地铺了一地，档案袋全都被打开了，有些甚至被撕碎。

同事们都蹲在地上收拾文件。

突然，格吕奥律师走了过来，一把抓住奥古斯丁的衬衫领口，对他说：

"你终于来了！这就是路易－菲利普国王的警察干的好事！这些人到底想做什么？他们已经逮捕了诺道尔夫，也已经没收了所有的证据资料！难道还不够吗？"

格吕奥律师气得满脸通红，接着说：

"显然，这帮无赖在这儿找到了所需要的文件，但为什么把办公室糟蹋得如此惨不忍睹呢！"他咒骂道，"诺道尔夫没对你讲一些败坏国王名誉的事情吧？"

奥古斯丁突然感到一阵腹痛，他被眼前的场景吓坏了。他又想到了在家里和妹妹的谈话，庆幸自己做了正确的决定，把信藏在家里。

他低声支吾了句："我不知道。"

"什么？你不知道？"

把贝里公爵的信藏在家里，这么做确实是对的。然而，他是否应该把这件事告诉格吕奥律师呢？还没等奥古斯丁回答，格吕奥就被一名同事叫到了另一间办公室。那位同事找到了一份本以为丢失的重要文件。

奥古斯丁也蹲在地上，帮忙收拾整理文件，他确信警察是来找那封信的。接下来该怎么办呢？奥古斯丁又一次痛苦地想到了去世的父母。如果父亲还在世的话，一定会告诉他应该怎么做的。然而，父亲不在了，奥古斯丁成了一家之主，肩负着照顾妹妹和姑姑的责任。他越想越觉得这件事情对他们家来说是危险的。如果自己也被抓进监狱呢？奥古斯丁马上制止自己往坏处想，他又想到了监狱里的诺道尔夫，想到了他一生中经历的所有磨难。诺道尔夫已经离自己的梦想如此接近，只差几步就可以得到王室的承认了，也该过上好日子了吧？

他历经千辛万苦回到了自己的故乡，召集所有的支持者，向法院上诉……然而，国家、法律，以及波旁家族都不希望这位"迟来的王子"打破原有的平静。现在，奥古斯丁想明白了：诺道尔夫将永远得不到王室的承认，他永远不会是那个逃离丹普尔监狱的王子——路易十七。

整整一天，奥古斯丁都在和同事整理文件，把它们重新分类、归档、复印。有好几次他都想回家看看，他有些担心家里的情况，但他不想招来别人的怀疑，只能不停地安慰自己，心想警察应该不会想到去他家搜查的。可他还是感到害怕，他多想立即回家一趟，再立即赶回律师事务所。他羡慕天上的鸟儿，他出神地望着窗外的鸽子，它们落在皇家宫殿外面的树枝上，有几只大胆的鸽子还逍遥地走在栏杆上。奥古斯丁想起了以前曾经学过的历史课，书里说，在有些地方，人们利用鸽子传递消息。他的历史老师告诉他，古时候的希腊人就用这种方式来宣布奥林匹克运动会胜利者的名字。如果自己能像古时的希腊人一样就好了，那么他就可以利用鸽子来通知妹妹律师事务所里发生的事情，让她在家里也要提防着点儿……可是提防什么事呢？又该提防谁呢？

下了班以后，他快步往家走，还不时地回头看。他感到有人跟踪他，但他看不到警察的身影。每当他觉察到一个鬼鬼祟祟的人影，以为有人跟踪他时，都会发现自己其实看错了。他边走边想，是自己过于紧张了，快被这件事逼疯了。终于到家了，他打开家门，本以为会看到如同办公室里一样糟糕的场景，然而，他的担心是多余的！姑姑和妹妹正悠闲地坐在花园里喝着柠檬水。于是，他走上前去拥抱了她们，内心感到莫大的安慰。

第二天是周日，奥古斯丁不上班。每当天气好的时候，他们三人就会去布洛涅森林游玩，顺便在湖边的一个小咖啡店吃午餐。这样，家里的仆人们正好也可以休息一天。这个周日天气晴朗，他们一大早就迫不及待地出门了。微风和煦，是个划船的好天气。午饭后，他们三个人坐上了一条小船，就像坐在摇篮里，被湖水轻轻地摇晃着。索菲很享受这个时刻，她随身带着面包，还不时地撒一些面包屑给陪伴在他们周围的天鹅和鸭子。

在回家的路上，奥古斯丁突然想到，由于仆人们都各自回家了，家里一整天都没有人，他心头又升起一阵焦虑，催促马车夫快点儿赶路。

"你为什么那么着急回去？"玛格丽特姑姑问。

"没什么……"

他向妹妹使了个眼色，谁知妹妹还沉浸在游湖的欢乐中，没有丝毫担心。

奥古斯丁越来越有种不祥的预感。到家以后，他立刻就发现房门被撬开了。他的喉咙一阵发紧，一句话也说不出来，匆忙向屋里跑去。眼前的场景几乎和前一天办公室里一样：沙发被翻了个底朝天，满地凌乱的书籍……房间里就像战场一样，只是"战士们"都逃走了。玛格丽特姑姑惊恐地大叫了一声，接着就瘫倒在椅子上，嘴里不断地重复："老天啊！到底是怎么回事？是谁做的？奥古斯丁，索菲，这是怎么回事？"两个孩子一句话也不说，抑制住各自的惊恐，同时大步流星地跑向楼上索菲的房间，发现地上同样一片狼藉。他们管不了那么多了，又冲向壁炉，伸手在里面翻了半天，然而却什么也没找到：那封信不见了！

当他们下楼又回到客厅时，发现玛格丽特姑姑坐在椅子上哭。索菲也哭了，但泪水中更多的是愤怒。这下，他们必须向姑姑坦承一切了：索菲在诺道尔夫家偷拿了贝里公爵的信，把它藏在壁炉里；奥古斯丁被人跟踪；警察突袭律师事务所和自己家……这些解释使玛格丽特姑姑稍稍平静了下来，原来是因为这封信，他们家才惨遭警察的扫荡。今天的经历使她更加坚定了自己的想法：诺道尔夫确实是真正的王子，但他们一家人不应该再掺和这件事了。

索菲感到很无助，她心想，这封信即使藏在为诺道尔夫辩护的律师家里，也一定逃不过警察的掌心。

卡尔－威廉·诺道尔夫

卡尔－威廉·诺道尔夫是众多声称是路易十七的人之一。1815 年，马蒂兰·布吕诺向政府进行上诉，这是第一个自称为路易十七的人。后来，又陆陆续续出现了四十多位自称是路易十七的男子，其中较有名的是瑞查蒙男爵。在众多"王子"中，卡尔－威廉·诺道尔夫是最为可信的，他的周围有许多支持者，但最终也未能如愿以偿。直至今日，诺道尔夫的后代都以"波旁"为姓氏，并分为两支，其长子的后代生活在法国，次子的后代生活在加拿大。

© Lylho/Leemage

第八章

踏上流亡之路

几天以后，律师事务所的气氛依旧死气沉沉的，大家都沉默不语，如同被某种无形的东西所压迫着。同事之间说话时也都尽量压低嗓音，仿佛害怕唤醒之前的糟糕回忆。还有一些没有整理好的文件，有些散落在地上，有些堆在椅子上。奥古斯丁想到了自己家的遭遇，既惊恐又沮丧。玛格丽特姑姑、索菲和女仆克莱芒斯花了整整两天时间才把家里收拾整齐。

律师事务所已经向法院发起诉讼，控告警察局非法搜查。但是玛格丽特姑姑决定不为入室盗窃一事报警，毕竟是索菲先偷走了信件，若是报警，可能会给家里引来更大的麻烦。

另一件事彻底打击了律师事务所全体职员的积极性。

一天中午，一个信差来到事务所，走向格吕奥律师，把信递给他，并在他耳边悄声说了几句话。格吕奥律师的脸瞬间变得苍白，不得不坐下来定定神。所有人都意识到了问题的严重性，焦急地等待着律师发话。几分钟以后，他站起身来，用目光扫视了一下全体职员，用颤颤巍巍的声音说道：

"亲爱的同事们，我很遗憾地向你们宣布，尽管国务部的正式决定还没有下达，但是，卡尔－威廉·诺道尔夫先生，原名路易－夏尔·德·波旁，也就是诺曼底公爵，即路易十七，即将被驱逐出境。"

全场一片哗然，议论纷纷，其中不乏指责的声音。

格吕奥又说道："鉴于这种情况，我决定陪同我们的客户……也就是我们的'王子'，同他一起流亡，以表诚意。他将于 7 月 16 日被送往加莱，再从那里坐船去英国。"

格吕奥律师的决定使所有人都大吃一惊。过了一会儿，布里克律师带头为上司鼓掌，其他人也陆陆续续地跟着鼓掌，但大多数人很犹豫，仿佛他们害怕太吵，或者打心底不希望格吕奥律师这么做，因为这个决定虽然勇气可嘉，但却是迫不得已的，并且充满了不确定性。这样一来，律师事务所的人们不但失去了他们的客户，而且也失去了他们的领导。

到了离别的那一天，奥古斯丁也去为诺道尔夫送行。奥古斯丁和格吕奥律师一起，陪同诺道尔夫坐上开往加莱的邮车，同行的还有两名政府派来的侍卫。当天，许多支持者也去和诺道尔夫道别，他们深知，历史的这一页就要翻过去了。一旦离开法国领土，这位"普鲁士钟表匠"就会失去大部分的支持，他必须寻找新的证据和支持者。

可是，经历了那么多失败，他还有勇气继续下去吗？此刻，他身边的支持者大都垂头丧气，似乎已经不相信事情会有任何转机了。然而，还是有几个人大声为他加油，鼓励他坚持下去。

诺道尔夫神态庄严，令人敬畏。

他再次鼓励奥古斯丁，希望他写一本关于自己的传记或者小说。奥古斯丁点了点头，向诺道尔夫和格吕奥律师告别，最后一次注视着这位声称是路易十七的男人、国王路易十六和王后玛丽－安托瓦内特的儿子、秘密逃离丹普尔监狱的王子。他又想起了他所爱的艾米莉，他再也见不到她了，她将和父亲一起流亡伦敦。

奥古斯丁感到痛心疾首，法国政府竟以如此绝情的方式对待这个男人。尽管他确定诺道尔夫是真正的王子，但不可否认他的身世依然存在疑点，尤其是出逃丹普尔监狱的那段时期，谁也说不清楚。奥古斯丁能理解那些说诺道尔夫是骗子的人，比如他的叔父。在他们眼中，这名"普鲁士钟表匠"确实很优秀，但即使再优秀，他也是个骗子。

但不管怎样，奥古斯丁的这段经历至少使他找到了自己的人生道路。他会成为一名律师和作家！一边为被告辩护，一边写精彩的故事。他既想学法律，也想学文学。或许有一天，他将有机会认识大作家巴尔扎克或大仲马，或者维克多·雨果。现在，趁回忆还历历在目，他打算把这几天的经历用文字记录下来。他想赶紧结束一天的工作，回家进行文学创作。

路易 - 菲利普

路易－菲利普国王出生于 1773 年，属法国王室的旁系分支后代成员。他是法国大革命的支持者，在拿破仑执政期间流亡国外，1814 年返回法国。1830 年七月革命之后，查理十世被推翻，路易－菲利普被加冕为国王。1848 年革命期间被迫退位。他的统治推动了法国的现代化进程，在政治方面他主张实行议会制。然而，当时的漫画家经常把他的脸画成梨的形状来丑化他。他曾躲过两次暗杀，分别在 1835 年和 1836 年。

尾 声

此后，诺道尔夫再也没有回过法国。在英国，他发明了一些军事武器，其中有一种炸弹，被称为"波旁炸弹"。1845 年 1 月，他离开英国，前往荷兰。荷兰政府购买了他发明的军事武器，并用于装备自己的军队。诺道尔夫因此获得了一笔数目可观的酬金，并定居在代尔夫特市。然而，好景不长，他于 1845 年 8 月 10 日去世，遗体被埋葬在代尔夫特，墓碑上有这样一行字：

　　路易十七

　　1785 年 3 月 27 日（凡尔赛）— 1845 年 8 月 10 日（代尔夫特）

　　路易 - 夏尔，诺曼底公爵

法国国王及纳瓦尔国王
长眠于此

按官方说法，早在 1795 年 6 月 8 日法国巴黎大革命之时，路易十七就已经死了，他的遗体于 1795 年 6 月 12 日被安葬在圣－玛格丽特公墓。然而，他的墓碑上并没有提到"王子"二字。

如今，在巴黎第十一区的圣－贝尔纳街 36 号的墙上，挂着一张纪念性的牌匾，上面写着：圣－玛格丽特公墓旧址，此处埋葬着在巴士底狱广场被处死的 73 人的遗体（葬于 1794 年 6 月）以及在巴黎丹普尔监狱死去的孩子（葬于 1795 年 6 月 10 日）。

除了著名的诺道尔夫之外，在四十个人自称是路易十七的人中还有一些引人注目的"王子"，如里什蒙、让－玛丽·埃尔瓦高以及夏尔·德·纳瓦尔。

丹普尔监狱的那个孩子因严重的肺结核及腹膜炎而死。贝尔坦医生对其尸体进行了检验，这个孩子身高 1 米 63，并不符合一个 10 岁零 3 个月的儿童的身高标准。

医生取下了孩子的心脏，将其保存在一个混合着水和酒精的玻璃瓶里。

路易十七的哥哥路易－约瑟夫死于 1789 年 6 月，那时他只有 8 岁。他的心脏也被保存下来，存放在圣－丹尼教堂的地下室里，然而在 1793 年，地下室遭到了革命派的毁坏。

随着科技的进步，人们多次对路易－夏尔的头发进行 DNA 检测，并对其心脏进行了研究。

1943 年，历史学家阿兰·德科请科学家们对诺道尔夫的一缕头发和路易十七生前留下的一缕头发进行了对比研究。研究结果发现，两人骨髓腔的偏移是一致的。1951 年，科学家重新又进行了一次对比实验，但发现百分之三十的人都具有这种一致性，因此把这当作证据是行不通的。

2000 年，历史学家菲利普·德洛姆带头发起了一项基因研究，研究对象是当年贝尔坦医生取下的死于丹普尔监狱孩子的心脏。自 1975 年起，它一直被保存在圣－丹尼教堂的地下室。DNA 检测结果显示，孩童确实和玛丽－安托瓦内特王后有血缘关系，因此真正的王子可能早就死在了监狱里。然而，"诺道尔夫派"坚持认为，这并不能说明那就是王子的心脏，也有可能是他的哥哥路易－约瑟夫的心脏。因为多年来，王子和哥哥的心脏经常从一个地方被转移安置到另一个地方，有可能发生混淆。

2014年，遗传与人类学家热拉尔·吕科特和历史学家布鲁诺·亨利对诺道尔夫长子的一名男性后代进行了DNA检测。这名男子名为乌格斯·德·波旁——荷兰宫廷出于对诺道尔夫的敬意，授予诺道尔夫家族后代"波旁"的姓氏，他是一名书商，生活在法国。此次DNA检测对其Y染色体（为男性所特有）进行了对比研究。吕科特教授总结道："我们发现，乌格斯先生和波旁王朝家族成员的Y染色体标记基本一致。"然而，在对王子生前留下的头发和诺道尔夫的头发进行比较时，科学家发现，在被检测到的七个变异的线粒体DNA分子中，只有两个是相同的。因此，如果说诺道尔夫真的是波旁王朝的后代，他不一定就是路易十七王子。根据吕科特教授的观点，诺道尔夫并非路易十七，他可能是路易十六的一个私生子，或者是一位亲王的儿子。

Le Mystère Louis XVII © Bayard Editions, France, 2016

Author：Patricia de Figueirédo

Illustrator：Elléa Bird

Simplified Chinese edition arranged through Dakai Agency

Simplified Chinese Translation Copyright © 2024 by Beijing Red Dot

Wisdom Culture Developing Limited Co., Ltd

著作权登记号　图字：01-2024-1188

图书在版编目（CIP）数据

死而复生的路易十七 /（法）帕特丽夏·德·菲古雷多著，（法）艾伦娜·博德绘；夏冰洁译. — 北京：北京科学技术出版社，2024.5

（历史之谜少年科学推理小说）

ISBN 978-7-5714-3500-4

Ⅰ . ①死… Ⅱ . ①帕… ②艾… ③夏… Ⅲ . ①儿童小说 – 中篇小说 – 法国 – 现代 Ⅳ . ① I565.84

中国国家版本馆 CIP 数据核字（2024）第 007525 号

特约策划：红点智慧	**电　话**：0086-10-66135495（总编室）	
策划编辑：黄　莺	0086-10-66113227（发行部）	
责任编辑：郑宇芳	**网　址**：www.bkydw.cn	
营销编辑：赵倩倩	**印　刷**：保定市中画美凯印刷有限公司	
责任印制：吕　越	**开　本**：889 mm×1194 mm　1/32	
出 版 人：曾庆宇	**字　数**：62 千字	
出版发行：北京科学技术出版社	**印　张**：3.5	
社　址：北京西直门南大街 16 号	**版　次**：2024 年 5 月第 1 版	
邮政编码：100035	**印　次**：2024 年 5 月第 1 次印刷	
ISBN 978-7-5714-3500-4		

定　价：25.00 元